Anton Winckler

# Über die Intégration der Differentialgleichung erster Ordnung mit rationalen Coëfflcienten zweiten Grades

Antigonos

Anton Winckler

# Über die Intégration der Differentialgleichung erster Ordnung mit rationalen Coëfflcienten zweiten Grades

Unveränderter Nachdruck der Originalausgabe von 1871.

1. Auflage 2024  |  ISBN: 978-3-38634-841-6

Antigonos Verlag ist ein Imprint der Outlook Verlagsgesellschaft mbH.

Verlag: Outlook Verlag GmbH, Zeilweg 44, 60439 Frankfurt, Deutschland, info@outlook-verlag.de
Vertretungsberechtigt: E. Roepke, Zeilweg 44, 60439 Frankfurt, Deutschland
Druck: Libri Plureos GmbH, Friedensallee 273, 22763 Hamburg, Deutschland

# Über die Integration der Differentialgleichung erster Ordnung mit rationalen Coëfficienten zweiten Grades.

Von dem w. M. Dr. **A. Winckler.**

(Vorgelegt in der Sitzung am 9. Juni 1871.)

Die hier in Rede stehende Differentialgleichung schliesst sich jener erster Ordnung mit rationalen Coëfficienten ersten Grades, — welche die einfachste ist und bekanntlich in allen Fällen integrirt werden kann, — unmittelbar an und ist in ihrer Allgemeinheit durch

$$[Ax^2 + 2Bxy + Cy^2 + 2Hx + 2Ky + L]dx$$
$$+ [A'x^2 + 2B'xy + C'y^2 + 2H'x + 2K'y + L']dy = 0 \quad \dots (1)$$

dargestellt. Betrifft hiernach ihre Integration eine der elementarsten Fragen, die bei geordneter Behandlung der Differentialgleichungen zu untersuchen wären, so ist sie auch in anderer Hinsicht von einer gewissen Bedeutung. Differentialgleichungen erster Ordnung, aus welchen für $\frac{dy}{dx}$ eine irrationale oder transcendente Function von $x$ und $y$ erhalten wird und deren Integration selten möglich ist, lassen sich nämlich, wenn $x$ und $y$ innerhalb gewisser Grenzen liegen, durch Entwicklung jener Function bis zu Gliedern zweiter Ordnung auf die hier zu betrachtende Gleichung zurückführen, und Ähnliches gilt von den so häufigen Fällen, in welchen das erste Integral einer Differentialgleichung zweiter Ordnung in einer Gleichung für $\frac{dy}{dx}$ besteht, deren Integration in geschlossener Form nicht mehr geschehen kann.

Ist daher die in der Überschrift bezeichnete Aufgabe, selbst für manche Anwendungen nicht ganz ohne Belang, so ist es, zumal die allgemeine Lösung dieser Aufgabe in endlicher und geschlossener Form als unmöglich betrachtet wird, auch nicht ohne Interesse, diejenigen mehr oder weniger bedingten Fälle aufzusuchen, für die eine solche Lösung wirklich existirt.

Eine allerdings nicht sehr grosse Anzahl solcher Fälle ist bekannt. Finden die drei Relationen

$$A' - B = 0, \quad C - B' = 0, \quad H' - K = 0$$

statt, so besteht, wie man weiss, das Integral in einer Gleichung zwischen einem Polynom dritten Grades und einer willkürlichen Constanten. — Ist

$$A = H = L = 0 \quad \text{und} \quad B' = C' = K' = 0$$

so lässt sich die Gleichung ebenfalls und zwar nach einer Formel von Bernoulli integriren.

In einigen anderen noch specielleren Fällen liefern die üblichen Verfahrungsarten, die hier nicht näher bezeichnet zu werden brauchen, das allgemeine Integral der Gleichung.

Die in gewisser Hinsicht allgemeinste Lösung der Aufgabe hat Jacobi (Journal von Crelle, B. 24) gefunden; er zeigt nämlich, dass das Integral der Gleichung

$$(a + a'x + a''y)(x\,dy - y\,dx)$$
$$-(b + b'x + b''y)dy + (c + c'x + c''y)dx = 0$$

durch das Product von Potenzen dreier linearen Ausdrücke, welches einer willkürlichen Constanten gleich zu setzen ist, dargestellt werden kann.

Diese Differentialgleichung enthält scheinbar neun unabhängige Coëfficienten; in der That aber lassen sich dieselben auf acht reduciren, auch überzeugt man sich leicht, dass der von Jacobi betrachtete Fall die vier Relationen

$$A = A' + 2B = C + 2B' = C' = 0$$

zwischen den Constanten der Differentialgleichung (1) voraussetzt.

In der vorliegenden Arbeit nun wird gezeigt, dass dieser Gleichung (1) ein Integral, dessen Zusammensetzung jener der Jacobi'schen Formel analog ist, auch dann entspricht, wenn zwischen den Coëfficienten gewisse andere Bedingungsgleichungen und zwar deren nicht vier, sondern blos drei erfüllt sind. Die genannte Formel folgt daraus als specieller Fall.

Aus dieser Lösung ergeben sich ausserdem einige speciellere Fälle mit vier oder fünf jedoch wesentlich einfacheren Relationen zwischen den Coëfficienten; sie sind Ausnahmefälle, denen ein theilweise transcendentes Integral entspricht.

Ein zweites Resultat besteht in dem Nachweis, dass der in Rede stehenden Differentialgleichung unter gewissen Umständen auch ein aus dem Product der Potenzen von vier linearen Ausdrücken gebildetes Integral genügen könne, welches in besonderen Fällen ebenfalls zum Theil transcendent wird.

Der Weg auf welchem die Resultate erhalten werden, führt immer unmittelbar zum Ziel ohne sonstige Betrachtungen nöthig zu machen; er ist zugleich sehr elementar, aber, wie man bemerken wird, durchaus indirect, was übrigens bei den meisten auf diesem Gebiet erlangten Resultaten im Grunde der Fall ist. Die Rechnung umkehren, damit die Herleitung als eine directe erscheine, wollte ich umsoweniger, als jener Weg ohne Zweifel einer noch ausgedehntern Anwendung fähig ist.

## 1.

Die Frage nach den Relationen, welche zwischen den Constanten der Differentialgleichung bestehen müssen, damit das Integral das Product der Potenzen dreier linearen Ausdrücke enthalte, soll hier zunächst in Betracht gezogen werden.

Ausgehend von der Gleichung

$$pvw\,du + quw\,dv + ruv\,dw = 0$$

worin $p, q, r$ näher zu bestimmende Constante und $u, v, w$ die linearen Verbindungen:

$$u = x + ay + a', \quad v = x + by + b', \quad w = x + cy + c'$$

sind, erhält man, wenn nach erfolgter Substitution dieser Ausdrücke, die, resp. mit $dx$ und $dy$ multiplicirten Glieder zusammengefasst und dann den entsprechenden der gegebenen Differentialgleichung (1) verglichen werden, zwischen den neun Coëfficienten $p$, $q$, $r$, $a$, $a'$, $b$, $b'$, $c$, $c'$ und den gegebenen $A$, $A'$, .. $L$, $L'$ die folgenden Bedingungsgleichungen:

$$A = p + q + r$$
$$2B = (b+c)p + (c+a)q + (a+b)r$$
$$C = bcp + caq + abr$$
$$2H = (b'+c')p + (c'+a')q + (a'+b')r$$
$$2K = (bc'+cb')p + (ca'+ac')q + (ab'+ba')r$$
$$L = b'c'p + c'a'q + a'b'r$$
$$A' = ap + bq + cr$$
$$2B' = (b+c)ap + (c+a)bq + (a+b)cr$$
$$C' = abc(p+q+r)$$
$$2H' = (b'+c')ap + (c'+a')bq + (a'+b')cr$$
$$2K' = (bc'+cb')ap + (ca'+ac')bq + (ab'+ba')cr$$
$$L' = b'c'ap + c'a'bq + a'b'cr$$

Aus diesen 12 Gleichungen lassen sich die 9 Unbekannten berechnen und ergeben sich noch 3 Relationen zwischen den Constanten der gegebenen Differentialgleichung.

Was zunächst die Coëfficienten $a$, $b$, $c$ der Substitution betrifft, so erhält man, wenn $A$ als von Null verschieden vorausgesetzt wird, unmittelbar die folgenden Gleichungen

$$a+b+c = \frac{A'+2B}{A}$$

$$ab+bc+ca = \frac{C+2B'}{A}$$

$$abc = \frac{C'}{A}$$

und sieht man, dass jene Coëfficienten die Wurzeln der cubischen Gleichung

$$Az^3 - (A'+2B)z^2 + (C+2B')z - C' = 0$$

sind, folglich als bekannt betrachtet werden können.

Um ferner auch die Coëfficienten $a'$, $b'$, $c'$ zu erhalten, bemerke man, dass aus den Bedingungsgleichungen sich die folgenden

$$aA - A' = (a-b)q + (a-c)r$$
$$2(aB - B') = (a-b)(a+c)q + (a-c)(a+b)r$$
$$2(aH - H') = (a-b)(a'+c')q + (a-c)(a'+b')r$$
$$2(aK - K') = (a-b)(ac'+ca')q + (a-c)(ab'+ba')r$$

ableiten lassen, und aus diesen wieder

$$a(aA-A') - (aB-B') = \frac{1}{2}(a-b)(a-c)(q+r)$$

$$a(aH-H') - (aK-K') = \frac{1}{2}(a-b)(a-c)(q+r) \cdot a'$$

sich ergeben. Durch Elimination von $q+r$ folgt eine Gleichung für $a'$ und auf gleiche Weise erhält man auch eine solche für $b'$ und für $c'$.

Diese Gleichungen sind:

$$a'[a(aA-A') - (aB-B')] = a(aH-H') - (aK-K')$$
$$b'[b(bA-A') - (bB-B')] = b(bH-H') - (bK-K')$$
$$c'[c(cA-A') - (cB-B')] = c(cH-H') - (cK-K').$$

Ebenso einfach lassen sich die noch fehlenden Coëfficienten $p,\ q,\ r$ durch die Wurzeln der cubischen Gleichung ausdrücken. Man erhält sie sogleich aus den drei ersten Bedingungsgleichungen und findet:

$$p = \frac{a^2A - 2aB + C}{(a-b)(a-c)}$$
$$q = \frac{b^2A - 2bB + C}{(b-c)(b-a)}$$
$$r = \frac{c^2A - 2cB + C}{(c-a)(c-b)}$$

Hiermit sind alle Unbekannten unter der Voraussetzung gefunden, dass $A$ nicht Null sei und keine der Wurzeln $a,\ b,\ c$ mit der andern zusammenfalle. An dieser Voraussetzung muss bis zur Annahme des Gegentheils festgehalten werden.


## 2.


Die drei Relationen, von welchen im vorigen Art. die Rede war, bestehen aus einer linearen und homogenen Gleichung zwischen $H,\ H',\ K,\ K'$ und zwei Gleichungen für $L$ und $L'$, alle mit gewissen Verbindungen der Constanten $A,\ A',\ ..\ C,\ C'$ versehen.

Die erstgenannte Relation ergibt sich aus den vorhin für $H$, $K,\ H',\ K'$ angegebenen Gleichungen, welche sich in der Form

$$(q+r)a'+(r+p)b'+(p+q)c'-2H=0$$
$$(cq+br)a'+(ar+cp)b'+(bp+aq)c'-2K=0$$
$$(bq+cr)a'+(cr+ap)b'+(ap+bq)c'-2H'=0$$
$$bc(q+r)a'+ca(r+p)b'+ab(p+q)c'-2K'=0$$

schreiben lassen. Sie führen, nachdem $a'$, $b'$, $c'$ daraus eliminirt sind, zu einer Gleichung zwischen den übrigen Grössen, welche mehrere Reductionen zulässt. Diese Gleichung ist, wenn der Kürze wegen:

$$\Delta = (a-b)(b-c)(c-a)$$

gesetzt wird, die folgende:

$$H.\left[\begin{matrix} bc(a-b)(a-c)p(r^2-q^2)+ca(b-a)(b-c)q(p^2-r^2) \\ +ab(c-a)(c-b)r(q^2-p^2) \end{matrix}\right]$$
$$+K.\left[\begin{matrix} (a-b)(a-c)p(bq^2-cr^2)+(b-a)(b-c)q(cr^2-ap^2) \\ +(c-a)(c-b)r(ap^2-bq^2)-pqr.\Delta \end{matrix}\right]$$
$$+H'.\left[\begin{matrix} (a-b)(a-c)p(cq^2-br^2)+(b-a)(b-c)q(ar^2-cp^2) \\ +(c-a)(c-b)r(bp^2-aq^2)+pqr.\Delta \end{matrix}\right]$$
$$+K'.\left[\begin{matrix} (a-b)(a-c)p(r^2-q^2)+(b-a)(b-c)q(p^2-r^2) \\ +(c-a)(c-b)r(q^2-p^2) \end{matrix}\right]=0.$$

Diese Gleichung lässt sich, wenn für $p, q, r$ die angegebenen Ausdrücke substituirt werden, durch Multiplication mit $\Delta^2$ von Brüchen befreien und es zeigt sich dann bei näherer Betrachtung der in den eckigen Klammern enthaltenen ganzen Functionen von $a, b, c$, dass diese Functionen alternirende sind, somit durch je ein Product von $\Delta$ und einer symmetrischen Function der Wurzeln $a, b, c$ dargestellt werden können.

Diese Function kann also in rationaler Weise durch die Constanten $A, A', ..C, C'$ ausgedrückt werden. Die hierbei erforderlichen, allerdings etwas umständlichen Rechnungen brauchen, da sie keine Schwierigkeit machen, hier nicht näher ausgeführt zu werden, und liefern die folgende Gleichung:

$$\begin{aligned}
&[(A'C-AC')(B'^2-A'C')+(B'C-BC')(AC'-2BB'+A'C)].H \\
+&[AC'-A'C)(AC'-BB')+2(AB'-A'B)(B'^2-A'C'+B'C-BC')].K \\
=&[CA'-C'A)(B^2-CA)+(BA'-B'A)(C'A-2B'B+CA')].K' \\
+&[C'A-CA')(C'A-B'B)+2(C'B-CB')(B^2-CA+BA'-B'A)].H'
\end{aligned} \tag{I}$$

Wie man sieht, kann die eine Seite dieser Gleichung aus der andern durch Vertauschung von $A, B, C, H, K$ resp. mit $C', B', A', K', H'$ und von $A', B', C', H', K'$ resp. mit $C, B, A, K, H$ erhalten werden.

Die zwei anderen, zwischen den Constanten der Differentialgleichung bestehenden Relationen, welche die Werthe von $L$ und $L'$ bestimmen, ergeben sich aus den beiden früheren Gleichungen

$$L = b'c'p + c'a'q + a'b'r$$
$$L' = b'c'ap + c'a'bq + a'b'cr$$

wenn darin die sechs Grössen $a', b', c', p, q, r$ durch ihre als Functionen von $a, b, c$ gegebenen Werthe ersetzt und hierauf $a, b, c$ mittelst ihrer symmetrischen Verbindungen $a + b + c$, $ab + bc + ca$, $abc$, eliminirt werden. Unter der nothwendigen Voraussetzung, dass keine jener sechs Grössen unendlich, also keiner ihrer Nenner Null sei, kann man die Gleichung von Brüchen befreien und findet dann, dass die linke Seite den Factor $\Delta$ enthält und die rechte Seite näher entwickelt und nach den Quadraten und Producten der Grössen $H, H' + K, K'$ geordnet, einen aus sechs Gliedern bestehenden Ausdruck gibt, welcher, da jedes dieser Glieder eine alternirende Function von $a, b, c$ ist, als das Poduct von $\Delta$ und einem Aggregat symmetrischer Verbindungen von $a, b, c$ dargestellt werden kann. Werden diese Verbindungen eliminirt, so erscheint die Gleichung für $L$ in folgender Form:

$$
\begin{aligned}
&\left[ \begin{aligned} &(B^2 - AC)(BC' - B'C) + (B'^2 - A'C')(AB' - A'B) \\ &-2(AB' - A'B)(BC' - B'C) + (AC' - BB')(AC - A'C) \end{aligned} \right] . L \\
&= [(AC' - A'C)C' + (B'C - BC')(2B' + C)] . H^2 \\
&\quad + [(A'B - AB')C' + (BC' - B'C)(2B + A')] . (H' + K)H \\
&\quad + [(A'C - AC')(A' + B) + 2(AB' - A'B) . B'] . HK' \\
&\quad + A(B'C - BC')(H' + K)^2 + A(A'B - AB') . K'^2 \\
&\quad\quad + A(AC' - A'C) . (H' + K)K'
\end{aligned}
\quad \text{.... (II)}
$$

Auf demselben Wege findet man eine analoge Gleichung für $L'$.

Diese ergibt sich aber auch ohne Ausführung der Rechnung, wenn man die erwähnte Vertauschung der Buchstaben eintreten lässt.

Die Gleichung ist also:

$$\left[\begin{array}{l}(B'^2-A'C')(B'A-BA')+(B^2-AC)(C'B-CB')\\-2(C'B-CB')(B'A-BA')+(C'A-B'B(C'A-CA'))\end{array}\right].L'$$

$$=[(C'A-CA')A+(BA'-B'A)(2B+A')].K'^2$$

$$+[(CB'-C'B)A+(B'A-BA')(2B'+C)].(H'+K)H \quad ....(\text{III})$$

$$+[(CA'-C'A)(C+B')+2(C'B-CB').B].HK'$$

$$+C'(BA'-B'A)(H'+K)^2+C'(CB'-C'B).H^2$$

$$+C'(C'A-CA').(H'+K)H$$

Die Gleichungen (I), (II), (III) drücken die gesuchten, zwischen den Constanten der Differentialgleichung nothwendig bestehenden Bedingungen aus.

Wird denselben entsprochen, so ergibt sich aus der zu Grunde gelegten Gleichung

$$p\,\frac{du}{u}+q\,\frac{dv}{v}+r\,\frac{dw}{w}=0$$

sofort auch das in Frage stehende Integral:

$$u^p\,v^q\,w^r=Const.$$

womit die Aufgabe gelöst ist.

Man kann die Ergebnisse dieser Betrachtung wie folgt zusammenfassen.

Finden zwischen den Constanten der Differentialgleichung

$$[Ax^2+2Bxy+Cy^2+2Hx+2Ky+L]\,dx$$

$$+[A'x^2+2B'xy+C'y^2+2H'x+2K'y+L']\,dy=0$$

die Relationen (I), (II), (III) statt und bezeichnet man mit $a$, $b$, $c$ die von einander verschiedenen Wurzeln der cubischen Gleichung

$$Az^3-(A'+2B)z^2+(C+2B')z-C'=0$$

so ist, wenn $A$ von Null verschieden, und die als endlich vorausgesetzten Grössen $a'$, $b'$, $c'$, $p$, $q$, $r$ aus den Gleichungen

$$a'[a(aA-A')-(aB-B')] = a(aH - H') - (aK-K')$$
$$b'[b(bA-A')-(bB-B')] = b(bH - H') - (bK-K')$$
$$c'[c(cA -A')-(cB-B')] = c(cH - H') - (cK-K')$$

und

$$p(a-b)(a-c) = a^2A-2aB+C$$
$$q(b-c)(b-a) = b^2A- 2bB+C$$
$$r(c-a)(c-b) = c^2A -2cB+C$$

berechnet werden, das Integral jener Differentialgleichung durch die Formel

$$(x+ay+a')^p(x+by+b')^q(x+cy+c')^r =Const.$$

ausgedrückt.

Dass die allgemeinere Bedeutung dieses Resultats durch die drei Bedingungsgleichungen erheblich beschränkt wird, braucht kaum bemerkt zu werden. Aber es hat in manchem Betracht den Anschein, als ob überhaupt die Möglichkeit der Integration der in Rede stehenden Differentialgleichung in endlicher Form dadurch bedingt sei, dass zwischen den Constanten wenigstens drei Gleichungen stattfinden.

Übrigens gestatten jene drei Bedingungsgleichungen den Constanten offenbar einen weit grössern Spielraum, als die vier Bedingungen

$$A = 0, \quad A'+2B=0, \quad C+2B'=0, \quad C'=0$$

der Jacobi'schen Differentialgleichung, welcher ebenfalls ein Integral von der hier betrachteten Form entspricht.

**3.**

Die nähere Ausführung einer Anzahl besonderer Fälle ist nicht ohne Interesse. Hierunter gehört der bisher ausgeschlossene Fall $A=0$.

Aus den im Art. 1 erhaltenen Gleichungen für $A, .. C'$ folgt:

$$A' + 2B = (a+b+c)(p+q+r)$$
$$C + 2B' = (ab+bc+ca)(p+q+r)$$
$$C' = abc(p+q+r)$$

und es muss daher, wenn das Integral von der vorausgesetzten Form sein soll, wegen

$$A = p + q + r = 0$$

gleichzeitig auch

$$A = 0, \quad A' + 2B = 0, \quad C + 2B' = 0, \quad C' = 0$$

werden. Der bisher ausgeschlossene Fall ist also mit dem von Jacobi betrachteten identisch; für ihn existirt die cubische Gleichung, aus welcher die Wurzeln $a, b, c$ zu berechnen waren, nicht mehr, überhaupt reichen die Constanten $A, B, C, A', B', C'$ zur Bestimmung derselben nicht mehr aus, sondern es müssen hierzu noch jene $H, H', K, K'$ in Anspruch genommen werden.

Aber es fallen auch die Gleichungen (I), (II), (III) wie man sich leicht überzeugt, als identisch erfüllt, ganz hinweg.

Obschon nun der in Rede stehende Fall bekannt ist, so mag es doch insofern von einigem Interesse sein, darauf zurückzukommen, als der bisher befolgte elementare Weg etwas kürzer als die mir bekannten Herleitungen zum Ziele führt.

Vorausgeschickt sei jedoch die Bemerkung, dass, wenn $A$ von Null verschieden ist, für $a, b, c$ nicht blos eine, sondern zwei cubische Gleichungen bestehen, welche aber durch dieselben Werthe dieser drei Grössen befriedigt werden, wenn die Bedingungen (I), (II), (III) erfüllt sind. Es ist nun zweckmässig, jene zweite cubische Gleichung, welche früher nicht erforderlich war, hier ebenfalls näher zu bezeichnen.

Aus den im Art. 1 aufgestellten Gleichungen findet man

$$aL - L' = (a-b)a'c'q + (a-c)a'b'r$$

und weil dort auch

$$aA - A' = (a-b)q + (a-c)r$$
$$2(aH - H') = (a-b)(a'+c')q + (a-c)(a'+b')r$$

erhalten wurde, so gelangt man zu der Gleichung

$$a'^2(aA - A') - 2a'(aH - H') + aL - L' = 0$$

aus welcher mit Hilfe der a. a. O. bereits angegebenen

$$a'[a(aA - A') - (aB - B')] = a(aH - H') - (aK - K')$$

die Grösse $a'$ eliminirt werden kann. Das Ergebniss dieser Elimination ist, wenn $A$ von Null verschieden, eine Gleichung 5. Grades, die sich aber auf eine andere vom 3. Grade reduciren lässt. Man findet nämlich zuerst

$$[a^2(aA - A') - 2a(aB - B')](aH - H')^2 + 2(aB - B')(aH - H')(aK - K')$$
$$- (aA - A')(aK - K')^2 - [a(aA - A') - (aB - B')]^2(aL - L') = 0$$

und erhält durch Verbindung dieser mit der frühern cubischen Gleichung

$$a^2(aA - A') - 2a(aB - B') + aC - C' = 0 \qquad \cdot (1)$$

nach einer einfachen Rechnung die folgende:

$$(aC - C')(aH - H')^2 - 2(aB - B')(aH - H')(aK - K')$$
$$+ (aA - A')(aK - K')^2 + [(aB - B')^2 - (aA - A')(aC - C')](aL - L') = 0 \quad \cdots (2)$$

Die Gleichungen (1) und (2) für $a$, und wie sich von selbst versteht, auch für $b$ und $c$, beide vom 3. Grade, müssen also gleichzeitig erfüllt werden; dies aber ist, wie bemerkt, der Fall, wenn die Bedingungen (I), (II), (III) zwischen den Constanten stattfinden. Wenn somit eine von ihnen für besondere Beziehungen zwischen diesen Constanten zu existiren aufhört, wie dies bei (1) für $A = 0, \ldots C' = 0$ wirklich geschieht, so tritt die andere rücksichtlich der Grössen $a, b, c$ subsidiarisch an ihre Stelle. Diese Bemerkung ist, wie ich glaube, geeignet, das Verhältniss des Jacobi'schen Ausnahmefalles zu dem allgemeinern des vorigen Art. in das Licht zu setzen.

Um nun den Fall, welcher den Bedingungen

$$A = 0, \quad A' + 2B = 0, \quad C + 2B' = 0, \quad C' = 0$$

entspricht, näher zu entwickeln, bemerke man, dass hierbei die Gleichung (1) wegfällt und dass (2) in

$$2B(aK-K')^2-2aB'(aH-H')^2$$
$$-2(aB-B')(aH-H')(aK-K')+(aB-B')^2(aL-L')=0$$

übergeht. Sind die Wurzeln $a$, $b$, $c$ dieser Gleichung gefunden, so ergeben sich sofort auch $a'$, $b'$, $c'$ und $p$, $q$, $r$ aus den früheren Formeln.

Man gelangt hiernach, wenn der Vereinfachung wegen $2L$ und $2L'$ resp. für $L$ und $L'$ geschrieben wird, zu dem folgenden Resultat.

Ist:
$$[Bxy-B'y^2+Hx+Ky+L]\,dx$$
$$+\,[B'xy-Bx^2+H'x+K'y+L']\,dy=0$$

die gegebene Differentialgleichung, so entspricht dieser, wenn man die von einander verschiedenen Wurzeln der cubischen Gleichung

$$B(zK-K')-zB'(zH-H')^2$$
$$-(zB-B')(zH-H')(zK-K')+(zB+B')^2(zL-L')=0$$

mit $a$, $b$, $c$ bezeichnet und mittelst derselben die Werthe von $a'$, $b'$, $c'$, $p$, $q$, $r$ aus den Gleichungen

$$a'=\frac{a^2H-a(H'+K)+K'}{aB+B'}, \quad p=\frac{2(aB+B')}{(a-b)(c-a)}$$

$$b'=\frac{b^2H-b(H'+K)+K'}{bB+B'}, \quad q=\frac{2(bB+B')}{(b-c)(a-b)}$$

$$c'=\frac{c^2H-c(H'+K)+K'}{cB+B'}, \quad r=\frac{2(cB+B')}{(c-a)(b-c)}$$

berechnet, die Gleichung

$$(x+ay+a')^p(x+by+b')^q(x+cy+c')^r=Const.$$

als das vollständige Integral, wobei $r=-(p+q)$ ist.

Dieses Resultat ist nicht conform mit dem Satz, welchen Jacobi für die Bestimmung des Integrals aufgestellt hat, und in welchem nicht $a'$, $b'$, $c'$, $p$, $q$, $r$ durch die Wurzeln $a$, $b$, $c$, sondern alle diese neun Grössen als Functionen der Wurzeln einer andern Gleichung 3. Grades ausgedrückt werden.

Da jener oft citirte Satz zum Theil verschiedene Begründungen erfahren hat, so soll hier, wie bereits bemerkt wurde, eine weitere Herleitung desselben beigefügt werden, die in dem Folgenden besteht.

Unmittelbar aus den ursprünglichen Bedingungsgleichungen, welche Art. 1 aufgestellt wurden, erhält man die schon früher benutzten Gleichungen:

$$a'(aA-A') -2(aH-H')= - \quad [(a-b)c'q+(a-c)b'r]$$
$$a'(aC-C') -2a(aK-K')= -a^2[(a-b)c'q+(a-c)b'r]$$
$$2(aL-L')= +a'[(a-b)c'q+(a-c)b'r]$$

wobei wieder $2L$ und $2L'$ resp. für $L$ und $L'$ geschrieben wurde.

Sechs analoge Gleichungen ergeben sich, wenn $a$ mit $b$, dann mit $c$, ferner $a'$ mit $b'$, dann mit $c'$ u. s. w. vertauscht werden. Zum Überfluss seien diese Gleichungen hier bemerkt:

$$b'(bA-A')-2(bH-H')=- \quad [(b-c)a'r +(b-a)c'p]$$
$$b'(bC-C')-2b(bK-K')=-b^2[(b-c)a'r+(b-a)c'p]$$
$$2(bL- L')=+b' [(b-c)a'r+(b-a)c'p]$$
$$c'(cA-A')-2(cH-H')=- \quad [(c-a)b'p+(c-b)a'q]$$
$$c'(cC-C')-2c(cK-K')=-c^2[(c-a)b'p+(c-b)a'q]$$
$$2(cL-L')=+c'[(c-a)b'p+(c-b)a'q]$$

Wird hierin

$$2\alpha = (a-b)c'q+(a-c)b'r$$
$$2\beta = (b-c)a'r+(b-a)c'p$$
$$2\gamma = (c-a)b'p+(c-b)a'q$$

gesetzt und führt man die Werthe

$$A=0, \quad C=-2B', \quad A'=-2B, \quad C'=0$$

ein, so gehen die neun Gleichungen über in die folgenden:

$$\alpha + a'B - (aH - H') = 0$$
$$a\alpha - a'B' - (aK - K') = 0$$
$$a'\alpha - (aL - L') = 0$$
$$\beta + b'B - (bH - H') = 0$$
$$b\beta - b'B' - (bK - K') = 0$$
$$b'\beta - (bL - L') = 0$$
$$\gamma + c'B - (cH - H') = 0$$
$$c\gamma - c'B' - (cK - K') = 0$$
$$c'\gamma - (cL - L') = 0$$

Durch Elimination von $a$ und $a'$ erhält man aus den drei ersten dieser Gleichungen:

$$(\alpha^2 - \alpha K - B'L)(\alpha B' + BK' + B'H')$$
$$+ (\alpha K' + B'L')(BK + B'H - \alpha B) = 0$$

oder, näher entwickelt:

$$\alpha^3 + (H' - K)\alpha^2 - (BL' + B'L + HK' - H'K)\alpha$$
$$+ (BK + B'H)L' - (BK' + B'H')\,L = 0$$

Durch Elimination von $b$, $b'$, $c$, $c'$ aus den übrigen sechs Gleichungen ergibt sich offenbar für $\beta$ und $\gamma$ dieselbe cubische Gleichung wie für $\alpha$; es sind daher $\alpha$, $\beta$, $\gamma$ die Wurzeln der Gleichung

$$z^3 + (H' - K)z^2 - (BL' + B'L + HK' - H'K)z$$
$$+ (BK + B'H)L' - (BK' + B'H')\,L = 0$$

Angenommen man habe diese berechnet, so folgen aus den obigen neun Gleichungen auch $a$, $b$, $c$ und $a'$, $b'$, $c'$; man findet nämlich:

$$a[BK + B'H - \alpha B] = BK' + B'H' + \alpha B'$$
$$b[BK + B'H - \beta B] = BK' + B'H' + \beta B'$$
$$c[BK + B'H - \gamma B] = BK' + B'H' + \gamma B'$$

und

$$a'[BK + B'H - \alpha B] = \alpha^2 + (H' - K)\alpha + HK' - H'K$$
$$b'[BK + B'H - \beta B] = \beta^2 + (H' - K)\beta + HK' - H'K$$
$$c'[BK + B'H - \gamma B] = \gamma^2 + (H' - K)\gamma + HK' - H'K$$

Die Werthe von $p$, $q$, $r$ ergeben sich aus den Gleichungen, durch welche weiter oben die Bedeutung der Grössen $\alpha$, $\beta$, $\gamma$ festgestellt wurde, wenn man sie mit der Gleichung $p+q+r=0$ in Verbindung bringt.

Man erhält

$$p\,[(b-c)a'+(c-a)b'+(a-b)c'] = 2(\gamma-\beta)$$
$$q\,[(b-c)a'+(c-a)b'+(a-b)c'] = 2(\alpha-\gamma)$$
$$r\,[(b-c)a'+(c-a)b'+(a-b)c'] = 2(\beta-\alpha)$$

und sieht hieraus, dass die zu Grund gelegte Differentialgleichung

$$p\,\frac{du}{u} + q\,\frac{dv}{v} + r\,\frac{dw}{w} = 0$$

in der Form

$$(\gamma-\beta)\frac{du}{u} + (\alpha-\gamma)\frac{dv}{v} + (\beta-\alpha)\frac{dw}{w} = 0$$

geschrieben werden kann.

Dies vorausgesetzt folgt, dass das vollständige Integral der Differentialgleichung

$$[Bxy - B'y^2 + Hx + Ky + L]\,dx$$
$$+ [B'xy - Bx^2 + H'x + K'y + L']\,dy = 0$$

durch die Gleichung

$$(x+ay+a')^{\gamma-\beta}(x+by+b')^{\alpha-\gamma}(x+cy+c')^{\beta-\alpha} = Const.$$

gegeben ist.

Abgesehen von der Bezeichnung stimmt dieses Resultat mit dem Jacobi'schen überein.


4.


Ein anderer besonderer Fall ist wegen der beträchtlichen Vereinfachungen, welche für ihn in den Formeln des Art. 2 entstehen, der Beachtung werth.

Die Bedingungsgleichung (I) wird nämlich identisch erfüllt, wenn die beiden Relationen

$$(A'B-AB')K+(BB'-A'C)H+(AC-B^2)H' = 0$$
$$(CB'-C'B)H'+(BB'-CA')K'+(A'C'-B'^2)K=0$$

stattfinden, wovon man sich leicht durch die Elimination von $H'$ und $K'$ aus ihnen und der Gleichung (I) überzeugt.

Da nun aus diesen zwei Gleichungen

$$(AC-B^2)H' = (AB'-A'B)K+(A'C-BB')H$$
$$(AC-B^2)K' = (CB'-C'B)H+(C'A-BB')K$$

folgt, so können in der frühern Gleichung

$$a'[a(aA-A')-(aB-B')] = a(aH-H')-(aK-K')$$

durch welche $a'$ bestimmt ist, $H'$ und $K'$ eliminirt werden; die Gleichung erscheint dann zunächst in folgender Form:

$$a'[a^2A-a(A'+B)+B'](AC-B^2)$$
$$= H[a^2(AC-B^2)-a(A'C-BB')+B'C-BC']$$
$$-K[a(AC-B^2+AB'-A'B)+BB'-AC']$$

worin für den Ausdruck rechter Hand offenbar

$$(CH-BK)[a^2A-a(A'+B)+B']$$
$$+ (AK-BH)[a^2B-a(C+B')+C']$$

oder, weil vermöge der Gleichung für $a$

$$a^3A-a^2(A'+2B)+a(C+2B')-C' = 0$$

auch

$$a^2B-a(C+B')+C' = a[a^2A-a(A'+B)+B']$$

ist, noch einfacher

$$[a^2A-a(A'+B)+B'][CH-BK+a(AK-BH)]$$

geschrieben werden kann. Wie man sieht, ist also:

$$a' = \frac{CH-BK}{AC-B^2}+a\cdot\frac{AK-BH}{AC-B^2}$$

wofür sich mit Rücksicht auf die zwei ursprünglich angenommenen Bedingungsgleichungen auch:

$$a' = \frac{C'H' - B'K'}{A'C' - B'^2} + a \cdot \frac{A'K' - B'H'}{A'C' - B'^2}$$

setzen lässt.

Analoge Gleichungen ergeben sich für $b'$ und $c'$.

Auch die Gleichungen für $L$ und $L'$ gestalten sich sehr einfach. Man kann jene für $L$ sowohl aus (II) und (III) als auch aus der Art. 1 für diese Grösse angegebenen Gleichung ableiten, indem man $H'$ und $K'$ wie vorhin eliminirt und die Werthe von $a'$, $b'$, $c'$ substituirt. Auf analoge Weise ergibt sich die Gleichung für $L'$. Da die Rechnung keine Schwierigkeit hat, so mag es genügen, die Resultate anzugeben.

Man erhält

$$(AC - B^2)L = CH^2 - 2BHK + AK^2$$
$$(A'C' - B'^2)L' = C'H'^2 - 2B'H'K' + A'K'^2$$

Die Ausdrücke für $p$, $q$, $r$ erleiden keine Veränderung.

Übrigens mögen die Zähler derselben der Kürze wegen mit $\alpha$, $\beta$, $\gamma$ bezeichnet werden.

Die Ergebnisse lassen sich wie folgt zusammenfassen.

**Erfüllt die Differentialgleichung**

$$(Ax^2 + 2Bxy + Cy^2 + 2Hx + 2Ky + L)dx$$
$$+ (A'x^2 + 2B'xy + C'y^2 + 2H'x + 2K'y + L')dy = 0$$

die durch die Gleichungen [1]

$$m = \frac{CH - BK}{AC - B^2} = \frac{C'H' - B'K'}{A'C' - B'^2}$$
$$n = \frac{AK - BH}{AC - B^2} = \frac{A'K' - B'H'}{A'C' - B'^2}$$

und

$$(AC - B^2)L = CH^2 - 2BHK + AK^2$$
$$(A'C' - B'^2)L' = C'H'^2 - 2B'H'K' + A'K'^2$$

ausgedrückten Bedingungen, und bezeichnen $a$, $b$, $c$ die Wurzeln der Gleichung

---

[1] $m$ und $n$ sind der Abkürzung wegen eingeführte Bezeichnungen.

$$Az^3-(A'+2B)z+(C+2B')z-C'=0,$$

wird auch zur Abkürzung

$$\alpha=a^2A-2aB+C$$
$$\beta=b^2A-2bB+C$$
$$\gamma=c^2A-2cB+C$$

gesetzt, so entspricht jener Differentialgleichung das vollständige Integral:

$$(x+ay+m+an)^{\alpha(c-b)} \cdot (x+by+m+bn)^{\beta(a-c)}$$
$$\times (x+cy+m+cn)^{\gamma(b-a)}=Const.$$

Wie man sieht, schliessen die Bedingungen, unter welchen dies gilt, den Fall aus, dass $AC-B^2$ oder $A'C'-B'^2$ Null seien.

Ich füge noch die Bemerkung bei, dass sich dieses Resultat auch ergibt, wenn man von der Gleichung

$$(qu^2+2q'uv+q''v^2)du$$
$$+ (pv^2+2p'uv+p''v^2)dv=0$$

ausgeht, darin die Substitutionen

$$u=x+ay+a', \quad v=x+by+b'$$

macht und dann analog wie im Art. 1 verfährt.

**5.**

Wenn in der Differentialgleichung das Product der beiden Veränderlichen nicht vorkommt, so entstehen in den Formeln des Art. 2 ebenfalls beträchtliche Vereinfachungen. Es mag daher auch dieser besondere Fall kurze Erwähnung finden.

Für $B=0$ und $B'=0$ geht die Gleichung (I) über in:

$$A(CK'-C'K)=C'(A'H-AH')$$

und reduciren sich die Gleichungen (II) und (III) auf die folgenden:

$$AC'L = C'H^2 - A'HK' + A(H' + K)K'$$
$$C'AL' = AK'^2 - CK'H + C'(K + H')H.$$

Finden daher diese letzteren drei Gleichungen statt, bezeichnet man mit $a$, $b$, $c$ die Wurzeln der Gleichung

$$Az^3 - A'z^2 + Cz - C' = 0$$

und berechnet die Grössen $a'$, $b'$, $c'$ aus den Gleichungen

$$a(aA - A') \cdot a' = a(aH - H') - (aK - K')$$
$$b(bA - A') \cdot b' = b(bH - H') - (bK - K')$$
$$c(cA - A') \cdot c' = c(cH - H') - (cK - K')$$

setzt auch der Kürze wegen:

$$\alpha = a^2 A + C, \quad \beta = b^2 A + C, \quad \gamma = c^2 A + C$$

so ist das Integral der Differentialgleichung

$$[Ax^2 + Cy^2 + 2Hx + 2Ky + L]dx$$
$$+ [A'x^2 + C'y^2 + 2H'x + 2K'y + L']dy = 0$$

durch die Formel

$$(x + ay + a')^{\alpha(c-b)}(x + by + b')^{\beta(a-c)}(x + cy + c')^{\gamma(b-a)} = Const.$$

ausgedrückt.

**6.**

Eine besondere Betrachtung erfordert der Fall, welcher für $q = -p$ in den Formeln der Art. 1 und 2 eintritt.

Um zunächst die ihm entsprechenden Bedingungen zwischen den Constanten zu erhalten, ist es zweckmässig, auf die ursprünglichen Gleichungen (Art. 1) zurückzugehen. Aus denselben folgt:

$$c(cA - A') - (cB - B') = \frac{1}{2}(c - a)(c - b)(p + q)$$

$$c(cB - B') - (cC - C') = \frac{1}{2}c(c - a)(c - b)(p + q)$$

$$c(cH - H') - (cK - K') = \frac{1}{2}c'(c - a)(c - b)(p + q)$$

und man sieht, dass, weil der Voraussetzung gemäss $p+q=0$ ist, für $c$ die folgenden drei quadratischen Gleichungen:

$$c^2 A - c(A'+B) + B' = 0$$
$$c^2 B - c(C+B') + C' = 0$$
$$c^2 H - c(H'+K) + K' = 0$$

gleichzeitig bestehen müssen. Aus denselben folgen die Gleichungen

$$c = \frac{BK'-C'H}{B(H'+K)-H(C+B')} = \frac{K'(C+B')-C'(H'+K)}{BK'-C'H}$$
$$= \frac{AC'-BB'}{AB'-A'B+AC-B^2} = \frac{BC'-B'C+A'C'-B'^2}{AC'-BB'}$$

wovon jedoch, abgesehen von dem die linke Seite bildenden Gliede $c$, je eine aus den beiden anderen abgeleitet werden kann.

Es versteht sich von selbst, kann aber auch durch eine etwas umständliche Rechnung direct gezeigt werden, dass, wenn diese Brüche einander gleich sind, die Bedingungsgleichung (I) identisch erfüllt wird.

Da die cubische Gleichung, deren Wurzeln nach Art. 2 die Grössen $a$, $b$, $c$ sind:

$$Az^3 - (A'+2B)z^2 + (C+2B')z - C' = 0$$

durch die eine bereits bekannte Grösse $c$ befriedigt wird, so lässt sie sich auf die quadratische Gleichung

$$cAz^2 - (cB+B')z + C' = 0$$

reduciren, deren Wurzeln die beiden Coëfficienten $a$ und $b$ sind, so dass man hat:

$$a+b = \frac{cB+B'}{cA}, \qquad ab = \frac{C'}{cA}$$

und auch die Gleichungen

$$ac = \frac{aB'-C'}{aA-B}, \qquad bc = \frac{bB'-C'}{bA-B}$$

erhalten werden.

Rücksichtlich der noch nicht bestimmten Grössen $a'$, $b'$, $c'$, ist zu bemerken, dass $a'$ und $b'$ in einfacherer Form als sie aus den Formeln des Art. 2 sich ergeben würden, erhalten werden können, dass aber $c'$ in Folge der für $c$ vorhin gefundenen quadratischen Gleichungen in unbestimmter Form erscheint und aus den ursprünglichen Bedingungen selbst abgeleitet werden muss.

Um nun zunächst $a'$ und $b'$ zu finden, hat man

$$a'\left[a^2 A - a(A'+B) + B'\right] = a^2 H - a(H'+K) + K'$$

und da

$$A'+B = \frac{c^2 A + B'}{c}, \quad H'+K = \frac{c^2 H + K'}{c}$$

so ergeben sich, wie leicht zu sehen, die Gleichungen

$$a' = \frac{acH - K'}{acA - B'}, \qquad b' = \frac{bcH - K'}{bcA - B'}$$

und, wenn man die vorhin für $ac$ und $bc$ gefundenen Ausdrücke einsetzt:

$$a' = \frac{BK' - C'H}{BB' - AC'} + a \cdot \frac{B'H - AK'}{BB' - AC'}$$

$$b' = \frac{BK' - C'H}{BB' - AC'} + b \cdot \frac{B'H - AK'}{BB' - AC'}$$

oder, wenn man der Kürze wegen

$$m = \frac{BK' - C'H}{BB' - AC'}, \quad n = \frac{B'H - AK'}{BB' - AC'}$$

setzt:

$$a' = m + an, \quad b' = m + bn.$$

Wie man sieht, ist:

$$m = \frac{ab' - ba'}{a - b}, \quad n = \frac{a' - b'}{a - b}$$

auch folgt

$$mA + nB = H, \quad mB' + nC' = K'.$$

Zugleich sei bemerkt, dass, wenn man nochmals von den Gleichungen

$$A' + B = \frac{c^2 A + B'}{c}, \quad C + B' = \frac{c^2 B + C'}{c}$$

und von den beiden soeben erhaltenen Relationen Gebrauch macht, die Gleichung

$$m(A' + B) + n(C + B') = cH + \frac{1}{c} K'$$

erhalten wird. Da aber

$$cH + \frac{1}{c} K' = H' + K$$

ist, so gelangt man zu der weitern Relation

$$(mA' + nB') + (mB + nC) = H' + K$$

welche alsbald Anwendung finden wird.

Um nun ferner auch $c'$ zu erhalten, gehe man von den, Art. 1 erhaltenen Gleichungen

$$cA - A' = (c - a)p + (c - b)q$$
$$2(cH - H') = (c - a)(c' + b')\,p + (c - b)(c' + a')q$$

aus und setze darin wie bisher $q = -p$; man erhält dann

$$cA - A' = (b - a)p$$
$$2(cH - H') = [(b - a)c' + (b' - a')c + ba' - ab']\,p$$

folglich

$$2 \cdot \frac{cH - H'}{cA - A'} = c' + \frac{a' - b'}{a - b} \cdot c + \frac{ab' - a'b}{a - b}$$

oder

$$c' = 2 \cdot \frac{cH - H'}{cA - A'} - (m + cn)$$

Übrigens lässt sich $c'$ noch in zwei anderen Formen darstellen, wozu man mittelst der im Art. 1 angeführten Gleichung

$$2H' = (b'+c')ap + (c'+a')bq + (a'+b')cr$$

gelangt, wenn darin $q=-p$, $r=A$ und für $a'$, $b'$ ihre Werthe gesetzt werden. Man erhält zunächst

$$2H'=(ab'-ba')p+c'(a-b)p+[2m+(a+b)n]cA$$

oder, da

$$p = \frac{cA-A'}{b-a}, \quad a+b = \frac{cB+B'}{cA}$$

ist, die folgende Gleichung:

$$2H'=-m(cA-A')-c'(cA-A')+2mcA+n(cB+B')$$

wofür auch

$$2H' = c(mA+nB)+mA'+nB'-c'(cA-A')$$

geschrieben werden kann. Mit Rücksicht auf die vorhin bewiesenen Relationen ergibt sich daraus einmal

$$c'(cA-A')=cH-2H'+mA'+nB'$$

und dann auch

$$c'(cA-A')=cH-H'+K-(mB+nC)$$

Dies vorausgesetzt lassen sich nun auch die Gleichungen für $L$ und $L'$, und zwar leichter als aus (II) und (III) unmittelbar aus den im Art. 1 angegebenen Bedingungen

$$L=b'c'p+c'a'q+a'b'r$$
$$L'=b'c'ap+c'a'bq+a'b'cr$$

herleiten. Letztere gehen für $q=-p$ und wenn man für $p$ und $r$ ihre vorhin bezeichneten Werthe substituirt, über in die folgenden:

$$L=nc'(cA-A')+a'b'A$$
$$L'=-mc'(cA-A')+a'b'cA$$

Die Grössen $c$ und $c'$ lassen sich daraus vollständig eliminiren; wird nämlich der Werth von $c'(cA-A')$ den beiden zuletzt hierfür gefundenen Formeln entnommen, so folgt:

$$L = n[cH - 2H' + mA' + nB'] + a'b'A$$
$$L' = -m[cH - H' + K - (mB + nC)] + a'b'cA.$$

Da hierin

$$a'b' = m^2 + mn(a + b) + n^2 ab$$

oder

$$a'b' = m^2 + mn \cdot \frac{cB + B'}{cA} + n^2 \cdot \frac{C'}{cA}$$

so ist

$$a'b'A = m(mA + nB) + \frac{n}{c}(mB' + nC')$$

wofür auch

$$a'b'A = mH + \frac{n}{c}K'$$

geschrieben werden kann. Bemerkt man dazu noch, dass

$$K' = -c^2 H + c(H' + K)$$

so hat man folgende zwei Gleichungen

$$a'b'A = (m - nc)H + n(H' + K)$$
$$a'b'cA = mcH + nK'$$

und kann von der erstern bei der Formel für $L$, von der letztern bei jener für $L'$ Gebrauch machen. Geschieht dies, so ergeben sich die verlangten Gleichungen in folgender Gestalt:

$$L = m(nA' + H) + n(nB' + K - H')$$
$$L' = n(mC + K') + m(mB + H' - K)$$

womit nun alle erforderlichen Bestimmungen getroffen sind.

Nach Art. 2 und wenn man die vorigen Resultate zusammenfasst, ergibt sich daher der Satz:

Leisten die Constanten der Differentialgleichung

$$[Ax^2 + 2Bxy + Cy^2 + 2Hx + 2Ky + L]\,dx$$
$$+ [A'x^2 + 2B'xy + C'y^2 + 2H'x + 2K'y + L']\,dy = 0$$

den in den Gleichungen

$$\frac{BK'-C'H}{B(H'+K)-H(B'+C)}$$
$$=\frac{AC'-BB'}{AB'-A'B+AC-B^2}=\frac{BC'-B'C+A'C'-B'^2}{AC'-BB'} \qquad \ldots (c)$$

und

$$L=m(nA'+H)+n(nB'+K-H')$$
$$L'=n(mC+K')+m(mB+H'-K)$$

enthaltenen Bedingungen Genüge, wobei

$$m=\frac{BK'-C'H}{BB'-AC'}, \qquad n=\frac{B'H-AK'}{BB'-AC'}$$

ist, und bezeichnet man mit $c$ den gemeinschaft-lichen Werth der drei Brüche in $(c)$, setzt ferner

$$c'=2\cdot\frac{cH-H'}{cA-A'}-(m+cn)$$

und nennt man $a$, $b$ die Wurzeln der Gleichung

$$cA \quad z^2+(cB+B')z+C'=0$$

so entspricht jener Differentialgleichung das voll-ständige Integral

$$\left(\frac{x+ay+m+au}{x+by+m+bn}\right)^{cA-A'}\cdot(x+cy+c')^{(b-a)A}=Const.$$

Es ist bemerkenswerth, dass dieses Resultat auch erhalten wird, wenn man von der Gleichung

$$2qw(vdu-udv)+(pu^2+2p'uv+p''v^2)\,dw=0$$

ausgehend, die Substitutionen

$$u=x+ay+a', \quad v=x+by+b', \quad w=x+cy+c'$$

macht und dann dasselbe Verfahren wie im Art. 1 befolgt.

Einer der Fälle, in welchen das Resultat des Art. 2 zum Theil in unbestimmter Form erscheint, ist ferner derjenige wofür

$$\frac{A'}{A} = \frac{B'}{B} = \frac{C'}{C}$$

ist.

Man überzeugt sich leicht, dass dann die Bedingungsgleichung (I) für die $H$ und $K$ identisch stattfindet, und dass die Gleichung

$$Az^3 - (A'+2B)z^2 + (C+2B')z - C' = 0$$

deren Wurzeln die Coëfficienten $a$, $b$, $c$ sind, in die Form

$$(Az - A')[Az^2 - 2Bz + C] = 0$$

gebracht werden kann, deren eine Wurzel $z = c$ oder also

$$c = \frac{A'}{A}$$

bekannt ist. Es sind dann $a$ und $b$ die Wurzeln der quadratischen Gleichung:

$$Az^2 - 2Bz + C = 0$$

oder, wenn man will, der Gleichung:

$$A'z^2 - 2B'z + C' = 0.$$

Sind diese berechnet, so ergeben sich $a'$, $b'$ aus den Formeln des Art. 2 wie folgt. Offenbar ist

$$a(aA - A') - (aB - B') = (aA - A')\left(a - \frac{B}{A}\right)$$

Da aber

$$\frac{B}{A} = \frac{1}{2}(a+b)$$

so folgt:

$$a' = 2 \cdot \frac{a\,(aH - H') - (aK - K')}{(a - b)(aA - A')}$$

und ebenso

$$b' = 2\ \frac{b(bH - H') - (bK - K')}{(b - a)(bA - A')}.$$

Was nun aber $c'$ betrifft, so zeigt die, Art. 2 erhaltene Formel

$$c'[c(cA - A') - (cB - B')] = c(cH - H') - (cK - K')$$

dass wegen

$$cA - A' = 0, \quad cB - B' = 0$$

jener Coëfficient unendlich gross ist.

Ferner findet man aus den dort angegebenen Gleichungen

$$p = 0, \quad q = 0, \quad r = A.$$

Das allgemeine Integral

$$(x + ay + a')^p\,(x + by + b')^q\,(x + cy + c')^r = Const.$$

würde in dieser Form für

$$p = 0, \quad q = 0, \quad c' = \infty$$

seine Bedeutung verlieren; da aber, wie gezeigt werden wird, die Producte $c'p$, $c'q$ endliche bestimmte Werthe erhalten, so betrachte man das Integral in der Form:

$$(x + ay + a')^{c'p}(x + by + b')^{c'q}\left(1 + \frac{x + cy}{c'}\right)^{c'r} = Const.$$

Dann geht der letzte Factor über in

$$e^{(x + cy)r} = e^{Ax + A'y}$$

und es sind daher nur noch die Werthe von $c'p$ und $c'q$ zu ermitteln.

Diese ergeben sich sehr leicht aus den im Eingange des
Art. 1 für $H$, $H'$, $K$, $K'$ angeführten Gleichungen, wenn man darin

$$P = c'p, \quad Q = c'q$$

sonst aber

$$p = 0, \quad q = 0$$

setzt. Es folgt dann:

$$2H = P + Q + (a' + b')r$$
$$2K = bP + aQ + (ab' + a'b)r$$
$$2H' = aP + bQ + (a' + b')cr$$
$$2K' = abP + abQ + (ab' + a'b)cr$$

und hieraus:

$$P = 2 \cdot \frac{a(cH - H') - (cK - K')}{(a - b)(c - a)}$$

$$Q = 2 \cdot \frac{b(cH - H') - (cK - K')}{(b - a)(c - b)}$$

Das gesuchte Integral ist somit:

$$(x + ay + a')^{P} \quad (x + by + b')^{Q} \quad e^{Ax + A'y} = Const.$$

Was nun aber die bis jetzt nicht berührten Constanten $L$
und $L'$ betrifft, so können in dem vorliegenden Ausnahmefall die
Gleichungen (II) und (III) zu deren Bestimmung nicht benutzt
werden. Sie sind hier geradezu ungiltig, weil die bei ihrer Herleitung ausdrücklich gemachte Annahme, dass keine der Grössen
$a'$, $b'$, $c'$ unendlich gross werde, wenigstens bei $c'$ nicht zutrifft.
Man muss daher auch in diesem Falle auf die ursprünglichen
Bedingungen des Art. 1 zurückgehen, wonach

$$L = b'c'p + a'c'q + a'b'r$$
$$L' = ab'c'p + ba'c'q + ca'b'r.$$

Wie im allgemeinern Fall lässt sich sowohl $L$ als $L'$ unab-
hängig von den Wurzeln $a$, $b$, $c$ blos durch die Constanten der
Differentialgleichung ausdrücken. Die hierzu erforderliche, etwas
umständliche Rechnung braucht blos angedeutet zu werden. Für

$a'$, $b'$, ferner für

$$c'p = P, \quad c'q = Q$$

setze man die vorhin gefundenen Werthe, substituire $A$ für $r$ und befreie die Gleichungen von Brüchen, dann lassen sich die Coëfficienten der Producte und Quadrate von $H$, $K$, $H'$, $K'$ durch die symmetrischen und dem Werthe nach bekannten Verbindungen $a + b$ und $ab$ sowie auch durch $c = \dfrac{A'}{A}$ darstellen. Ubrigens ist es nicht nöthig, diese Rechnung auch für $L'$ auszuführen, weil sich die entsprechende Gleichung aus jener für $L$ unmittelbar ergibt, wenn man die in Art. 2 bezeichnete Vertauschung der Buchstaben eintreten lässt.

Die Resultate erscheinen nach einigen nahe liegenden Reductionen in folgender Form:

$$
\begin{aligned}
(A'^2 - 2A'B + AC)(B^2 - AC)L \\
= A^2[CH'^2 - 2BH'K' + AK'^2] \\
- AC[CH^2 - 2BHK + AK^2] \\
+ 2A'(AK - BH)(BK - AK') \\
+ 2A'(CH - BK)(BH - AH')
\end{aligned}
\quad \ldots (1)
$$

und

$$
\begin{aligned}
(C^2 - 2CB' + C'A')(B'^2 - A'C')L' \\
= C''^2[A'K^2 - 2B'KH + C'H^2] \\
- C'A'[A'K'^2 - 2B'K'H' + C'H'^2] \\
+ 2C(C'H' - B'K')(B'H' - C'H) \\
+ 2C(A'K' - B'H')(B'K' - C'K)
\end{aligned}
\quad \ldots (2)
$$

Man kann die Ergebnisse wie folgt zusammenfassen.

Finden zwischen den Constanten der Differentialgleichung

$$
\begin{aligned}
[Ax^2 + 2Bxy + Cy^2 + 2Hx + 2Ky + L]\,dx \\
+ [A'x^2 + 2B'xy + C'y^2 + 2H'x + 2K'y + L']\,dy = 0
\end{aligned}
$$

die Gleichungen

$$\frac{A'}{A} = \frac{B'}{B} = \frac{C'}{C}$$

und jene (1) und (2) statt und bezeichnet man mit $a$, $b$ die Wurzeln der Gleichung

$$Az^2 - 2Bz + C = 0$$

setzt man ferner zur Abkürzung

$$a' = 2 \cdot \frac{a(aH - H') - (aK - K')}{(a - b)(aA - A')}$$

$$b' = 2 \cdot \frac{b(bH - H') - (bK - K')}{(b - a)(bA - A')}$$

und

$$P = 2 \cdot \frac{a(cH - H') - (cK - K')}{(a - b)(c - a)}$$

$$Q = 2 \cdot \frac{b(cH - H') - (cK - K')}{(b - a)(c - b)}$$

so ist das vollständige Integral jener Differential-gleichung:

$$(x + ay + a')^P (x + by + b')^Q \; e^{Ax + A'y} = Const.$$

Es versteht sich von selbst, dass man zu diesem Resultat auch direct gelangt, wenn die Gleichung

$$(qv + q')du + (pu + p')dv$$
$$+ (qv + q')(pu + p')(mdu + ndv) = 0$$

zu Grunde gelegt, dann

$$u = x + ay, \quad v = x + by$$

gesetzt und des Weitern analog wie in den Art. 1 und 2 verfahren wird.

**8.**

Alles Vorhergehende gründet sich auf den Fall, dass in dem Integral die Potenzen von drei linearen Ausdrücken vorkommen. Wie ich glaube, ist das Vorkommen von vier solchen Verbindungen im Integral noch nicht in Betracht gezogen worden.

Man gelangt dazu, wenn die Gleichung

$$(qv^2+2q'v+q'')du+(pu^2+2p'u+p'')dv=0$$

mittelst der Werthe

$$u=x+ay, \quad v=x+by$$

transformirt wird. Die hieraus entstehende mit der gegebenen Differentialgleichung verglichen führt dann zu den Bedingungen

$$
\begin{aligned}
A &= p+q & A' &= bp+aq \\
B &= ap+bq & B' &= ab(p+q) \\
C &= a^2p+b^2q & C' &= ab(ap+bq) \\
H &= p'+q' & H' &= bp'+aq' \\
K &= ap'+bq' & K' &= ab(p'+q') \\
L &= p''+q'' & L' &= bp''+aq''
\end{aligned}
$$

Aus diesen 12 Gleichungen lassen sich die 8 unbekannten Coëfficienten $p,\ldots q,\ldots a, b$ finden und ergeben sich noch 4 Bedingungen, welchen die Constanten der gegebenen Gleichung genügen müssen. Zunächst ergibt sich nämlich

$$
\begin{aligned}
a(aA-A')-(aB-B') &= 0, & b(bA-A')-(bB-B') &= 0 \\
a(aB-B')-(aC-C') &= 0, & b(bB-B')-(bC-C') &= 0 \\
a(aH-H')-(aK-K') &= 0, & b(bH-H')-(bK-K') &= 0
\end{aligned}
$$

und daraus geht hervor, dass $a$ und $b$ nicht nur die gemeinschaftlichen Wurzeln je zweier neben einander stehender, sondern gleichzeitig aller sechs quadratischen Gleichungen sein müssen. Damit dies der Fall sei, ist erforderlich, dass man habe:

$$\frac{A'+B}{A}=\frac{B'+C}{B}=\frac{H'+K}{H}=m$$

$$\frac{B'}{A}=\frac{C'}{B}=\frac{K'}{H}=n$$

wobei der Kürze wegen die gemeinschaftlichen Verhältnisse mit $m$ und $n$ bezeichnet wurden. Hierin bestehen die genannten vier Bedingungsgleichungen. Zugleich sind auch $a$ und $b$ als die Wurzeln der Gleichung

$$z^2 - mz + n = 0$$

bestimmt.

Für die übrigen sechs Coëfficienten ergeben sich die Gleichungen

$$(a-b)p = aA - A', \qquad (b-a)q = bA - A'$$
$$(a-b)p' = aH - H', \qquad (b-a)q' = bH - H'$$
$$(a-b)p'' = aL - L', \qquad (b-a)q'' = bL - L'$$

durch welche jene Coëfficienten immer bestimmt sind, wenn $a$ von $b$ verschieden ist. Die zu Grunde gelegte Gleichung lässt sich dann in folgender Form schreiben:

$$[(bA-A')v^2+2(bH-H')v+bL-L']du$$
$$- [(aA-A')u^2+2(aH-H')u+aL-L']dv = 0$$

und ihr Integral ist

$$\int \frac{du}{(aA-A')u^2+2(aH-H')u+aL-L'}$$
$$-\int \frac{dv}{(bA-A')v^2+2(bH-H')v+bL-L'} = Const.$$

welches sich, wenn man

$$(aA-A')u^2+2(aH-H')u+aL-L'$$
$$= (aA-A')(u-\alpha)(u-\alpha')$$

und

$$(bA-A')v^2+2(bH-H')v+bL-L'$$
$$= (bA-A')(v-\beta)(v-\beta')$$

setzt, durch vier Logarithmen ausdrücken lässt.

Hieraus folgt:

Finden zwischen den Coëfficienten der Gleichung

$$[Ax^2+2Bxy+Cy^2+2Hx+2Ky+L]\,dx$$
$$+ [A'x^2+2B'xy+C'y^2+2H'x+2K'y+L']\,dy=0$$

die Relationen

$$\frac{A'+B}{A}=\frac{B'+C}{B}=\frac{H'+K}{H}$$

$$\frac{B'}{A}=\frac{C'}{B}=\frac{K'}{H}$$

statt und bezeichnet man mit $m$ den gemeinsamen Werth der drei ersten, und mit $n$ jenen der drei letzten Brüche, ferner mit $a$ und $b$ die von einander verschiedenen Wurzeln der Gleichung

$$z^2-mz+n=0$$

und mit $\alpha$, $\alpha'$ und $\beta$, $\beta'$ die Wurzeln resp. der Gleichungen

$$(aA-A')u^2+2(aH-H')u+aL-L'=0$$
$$(bA-A')v^2+2(bH-H')v+bL-L'=0$$

so ist das vollständige Integral jener Differentialgleichung durch die Formel

$$\left[\frac{x+ay-\alpha}{x+ay-\alpha'}\right]^{(\beta-\beta')(bA-A')}\left[\frac{x+by-\beta'}{x+by-\beta}\right]^{(\alpha-\alpha')(aA-A')}=Const.$$

dargestellt.

Wenn einer der Coëfficienten $B'$, $C'$, $K'$ Null ist, so sind es vermöge der Bedingungen des Satzes auch die beiden anderen, und wird das zweite Glied der Differentialgleichung frei von $y$.

Ist nun aber $B'=C'=K'=0$, also auch $n=0$, so wird

$$A'=A\cdot\frac{C}{B}-B,\qquad H'=H\cdot\frac{C}{B}-K$$

und geht die Differentialgleichung über in:

$$B\cdot[Ax^2+2Bxy+Cy^2+2Hx+2Ky+L]dx$$
$$+[(AC-B^2)x^2+2(HC-KB)x+BL']dy=0$$

Die Gleichung für $z$ reducirt sich auf

$$z^2-mz=0$$

und es ist

$$a = m = \frac{C}{B}, \quad b = 0;$$

daher sind $\alpha$, $\alpha'$ und $\beta$, $\beta'$ die Wurzeln resp. der Gleichungen:

$$B^2u^2 + 2BKu + CL - BL' = 0$$
$$(AC - B^2)v^2 + 2(HC - KB)v + BL' = 0$$

und das Integral der vorstehenden Differentialgleichung ist:

$$\left[\frac{Bx + Cy - \alpha B}{Bx + Cy - \alpha'B}\right]^{\frac{\beta - \beta'}{B^2}} \left[\frac{x - \beta'}{x - \beta}\right]^{\frac{\alpha - \alpha'}{B^2 - AC}} = Const.$$

wie man übrigens durch die Substitution

$$y = \frac{B}{C}(x - u)$$

unmittelbar hätte finden können.

Wenn einer der Coëfficienten $A$, $B$, $H$ Null ist, so sind es offenbar auch die beiden anderen und in diesem Falle wird das erste Glied der Differentialgleichung frei von $x$; die Aufgabe ist dann der vorigen ganz analog, aber es werden die Formeln unbrauchbar, weil $m$ und $n$ unendlich sind. Übrigens braucht kaum bemerkt zu werden, dass, weil für $A = B = H = 0$ die Differentialgleichung in

$$[Cy^2 + 2Ky + L]\, dx$$
$$+ [A'x^2 + 2B'xy + C'y^2 + 2H'x + 2K'y + L']\, dy = 0$$

übergeht, und zwischen den Constanten die Relationen

$$C = \frac{A'}{B'} \cdot C' - B', \quad K = \frac{A'}{B'} \cdot K' - H'$$

stattfinden, es behufs der Trennung der Veränderlichen hinreicht, wenn man blos für $x$ eine neue Veränderliche einführt, welche durch die Gleichung

$$x = \frac{B'}{A'}(u - y)$$

bestimmt ist.

Ein eigentlicher Ausnahmefall des allgemeinern Resultates aber findet statt, wenn die Constanten der Differentialgleichung so beschaffen sind, dass $m^2-4n=0$, also die Wurzeln der quadratischen Gleichung für $z$ einander gleich werden. Dann ist

$$a = b = \frac{1}{2}m$$

und werden die früheren Formeln unbrauchbar, aber der Weg auf dem sie erhalten wurden, führt mit einer kleinen Abänderung dennoch zum Ziele, wie hier kurz angedeutet werden mag.

In der frühern Gleichung

$$[(bA-A')v^2+2(bH-H')v+bL-L']du$$
$$-[(aA-A')u^2+2(aH-H')u+aL-L']dv = 0$$

wobei

$$u=x+ay, \quad v=x+by$$

setze man zunächst

$$b=a+\varepsilon,$$

unter $\varepsilon$ eine kleine Grösse verstanden, so dass

$$v = u+\varepsilon y$$

also

$$v^2=u^2+2\varepsilon uy, \quad dv=du+\varepsilon dy$$

gesetzt werden kann. Es ergibt sich dann, wenn zur Abkürzung

$$U=(aA-A')u^2+2(aH-H')u+aL-L'$$

bezeichnet wird, die folgende Gleichung:

$$Udu+2\varepsilon y[(aA-A')u+aH-H']\,du$$
$$+\varepsilon[Au^2+2Hu+L]du-Udu-\varepsilon Udy=0$$

aus welcher nach Weglassung der sich aufhebenden Glieder und wenn man mit $\varepsilon$ dividirt:

$$ydU-Udy+[Au^2+2Hu+L]\,du = 0$$

erhalten wird. Das Integral dieser und also auch der gegebenen Differentialgleichung ist

$$\frac{y}{U} - \int \frac{Au^2 + 2Hu + L}{U^2}\, du = Const.$$

Nach Ausführung der Quadratur hat man

$$u = x + ay$$

zu setzen.

Da

$$m = 2a, \quad n = a^2,$$

so findet der hier in Rede stehende seltene Ausnahmefall nur dann statt, wenn die Relationen

$$\frac{A'+B}{A} = \frac{B'+C}{B} = \frac{H'+K}{H} = 2a$$

$$\frac{B'}{A} = \frac{C'}{B} = \frac{K'}{H} = a^2$$

bestehen, durch die zugleich auch $a$ bestimmt wird, und welche, wie man sieht, fünf Bedingungen zwischen den Constanten der Differentialgleichung ausdrücken.

Unter die besonderen Fälle, in welchen die in diesem Art. aufgestellte Form des Integrals eine Modification erleidet, gehört auch jener, für den entweder die Wurzeln $\alpha$ und $\alpha'$, oder $\beta$ und $\beta'$ einander gleich werden.

Damit z. B. $\alpha' = \alpha$ werde, muss

$$(aA - A')(aL - L') - (aH - H')^2 = 0$$

sein und ist erforderlich, dass diese nach $a$ quadratische Gleichung mit der frühern

$$a^2 - ma + n = 0$$

eine gemeinschaftliche Wurzel besitze, so dass sich sowohl diese Wurzel $a$ in rationaler Form als auch noch eine weitere, fünfte Bedingung zwischen den Constanten der vorgelegten Gleichung ergibt.

Die zweite Wurzel der Gleichung

$$z^2 - mz + n = 0$$

ist dann die Grösse $b$.

Angenommen es seien jene fünf Bedingungsgleichungen erfüllt, so erhält man, wie nicht näher gezeigt zu werden braucht, für das vollständige Integral die Formel

$$e^{\frac{(\beta'-\beta)(bA-A')}{x+ay-\alpha}}\left[\frac{x+by-\beta'}{x+by-\beta}\right]^{aA-A'}=Const.$$

Darin ist

$$\alpha=-\frac{aH-H'}{aA-A'}$$

und werden $\beta$, $\beta'$ mittelst des Werthes von $b$ aus der weiter oben für $v$ angegebenen quadratischen Gleichung gefunden.

Wie in dem vorhin betrachteten Ausnahmefall findet also auch hier keine rein algebraische Lösung mehr statt.

———